KB265154

모아드림 | 21세기 | 기획시선 56

나비가 깨뜨린 平和

김영박 시집

2003
모아드림

나비가 깨뜨린 平和

글쓴이 / 김영박
펴낸이 / 孫貞順
펴낸곳 / 모아드림

1판1쇄 / 2003년 12월 1일
서울 서대문구 북아현3동 180-22
전화 / 365-8111~2
팩시밀리 / 365-8110
E-mail / morebook@korea.com
morebook@morebook.co.kr
http://www.morebook.co.kr
등록번호 / 제2-2264호(1996.10.24)

ⓒ김영박
ISBN 89-5664-040-8

* 잘못된 책은 구입하신 서점에서 바꾸어 드립니다.
* 지은이와의 협의하에 인지를 붙이지 않습니다.

값 5,500원

나비가 깨뜨린 平和

■ 自序

황혼 속으로

기러기 떼가 날아가고 있다

내가 날아가고 있다

내 뒤를 줄줄이 따라온

시간들이 날아가고 있다

이글이글 타는

그리움 속으로

2003년 11월

김영박

차 례

3부

4부

나비가 깨뜨린 平和

　교실 안을 사막으로 채워 놓았던 하얀 새들이 하나 둘 자취를 감추기 시작한다 끝이 보이지 않는 바다 위로 태양이 얼굴을 내미는 순간처럼, 허공에 균열이 이어지며 빛이 모여들고 있다
　소리도 없이 깨어지는 침묵이
　봄날 오후의 나른함에 물을 준다
　그가 떨어뜨린 노란빛이 내 몸 속에 깊이 잠든 호수를 깨우는 것일까 나는 잠시, 내가 입고 있는 옷이, 내가 신고 있는 신이, 그리고 내가 항상 쓰고 있는 모자가 노란빛이라고 마침표를 찍는다
　잠시 후, 그는 투명 인간의 몸을 기웃거리듯 교실 안의 유리창을 두드리기 시작한다 아무리 들여다보아도 열 수 없다는 것도 모르고 그는 날개를 파닥이며 이곳 저곳을 훔쳐보고 있다
　그러다 그는 지친 듯이 유리창에 붙은 하늘에 물들어가며 자신이 만들어 온 균열을 지운다 다시 교실 안은 천 년 전의 시간이 돌담을 넘어가는 담쟁이 넝쿨처럼 움직인다 그는 분명 푸른 명상에 몸을 적시기 위해 자신을 비우고 있으리라 교실 안에서 움직이는 것을 찾아 밤을 하얗게 연출하고 있는 것이리라

나른함이 빵처럼 부풀어오른
유리관 속의 평화를 깨고
탈출을 꿈꾼 자
아, 그는 누구일까?

다시 찾아온 바람

삼월의 마지막 날 산길에서 그녀를 만났다 오랫동안 잊고
있던 그녀는 말만한 딸들을 데리고 나를 향해 돌진해 왔다
하얗게 센 머리카락이 내 몸을 거세게 때리는가 싶더니 얼
굴에 마마자국 가득한 딸 하나를 내 몸 속에 내려놓고 뒤도
돌아보지 않고 도망을 쳤다

그녀가 눈 깜짝할 사이에 거대한 나무들을 흔들고 다시
마을을 흔들고 멀리 사라진 뒤에도 애물단지 그녀의 딸은
내 몸 속에 그대로 남아 계속 칭얼거렸다 잠을 자고 있던 시
간들이 눈을 비비며 한참을 다독거려도 전혀 아랑곳하지 않
고 내 속을 휘젓고 다녔다

책을 읽다 말고, 편지를 쓰다 말고, 모차르트의 음악을
틀어 놓고 이불을 머리끝까지 둘러썼다 그러나 그 애물단지
딸은 잠 길에까지 따라와 목을 간질이며 피부를 콕콕 찌르
며 그녀의 산발한 머리를 풍선처럼 비누거품처럼 머릿속으
로 붕붕 띄워 올렸다

장마, 잠깐 비켜설 때

비가 갠 뒤에 강이 나타났다 내가 알고 있던 산은 이제
산이 아니다 하늘을 향해 떠도는 거대한 섬이 강을 따라 서
서히 움직인다

섬은 잠시도 내 눈을 놓아주지 않았다 아니, 나도 함께
섬이 되어 떠돈다 어디에도 닻을 내릴 수 없는 고독이 자꾸
만 하늘을 밀고 간다

형체를 이리 바꾸고 저리 바꾸어가며 나를 만들었다 숨었
다, 다시 나타나는 것이 아직도 내 몸을 기웃거리는 나의 얼
굴이다 까맣게 잊고 있다가 문득 나타나는 부끄러움처럼 나
를 바꾸어 놓는다

걸레 조각처럼 섬은 산이 되기 위해 온 몸으로 울었다 내
가 어머니의 품속을 그리워하듯 하늘이 다가와도 섬은 육지
를 붙잡고 있다 산으로 돌아가고 싶어 자꾸만 자기 몸 속으
로 숨고 있는 해를 끄집어낸다

안개가 강으로 흐르는 퇴근길에, 떠돌고 있는 산을 찾아
하늘을 빙빙 도는 나는?

안개로 떠돈다

백마강 주위를 맴돌고 있는 나라를 찾아 길을 떠난다

내 가슴속에 오두막을 짓고 있는 숲길이
둥근 달을 끌고 어스름 별빛을 밟고 있는 밤

아직도 부소산은 잠을 이루지 못하고 몸을 이리저리 뒤척
이는가

　강 언덕을 소리 없이 걸으며 백제의 군사들을 살금살금
깨우던
　의자왕의 애첩들이, 낙화암에 궁전을 짓기 위해 안개로
떠돈다

산이 걸어가고 있네

들녘이 노랗게 출렁이는 퇴근길에 겨우 그를 만났네 얼마를 쉬지 않고 걸었는지 그의 얼굴엔 지나온 길이 비틀거렸네 아직 지친 빛은 찾아볼 수 없는데, 온몸이 땀에 젖어 황토 흙 냄새로 뒤척였네 뒤를 따라온 석양빛이 어깨에 걸터앉아 참새 소리로 볼을 비비는 것도 몰랐을까 하늘이 발갛게 물이 들고 어둠이 자꾸만 어깨를 넘어와도 그는 집으로 돌아갈 기미를 보이지 않았네 흰 구름이 철새 떼처럼 날아와 그가 거느리고 온 하늘 속으로 광활한 침묵을 밀어 넣고 있었네

소나무 사이사이로 그의 길이 어렴풋이 보인다
그는 아직도 허공에 다리를 놓는 것이
하늘을 오르는 것이라고 믿고 있는 것일까
삐쭉이는 말 한 마디 하지 않고
오르고 내리는 일을 지금도 반복한다
바람은 바람 따라 흐르고
새소리는 새소리로 길을 찾고 있는데
아, 그는 하늘 끝 수평선만 끝없이 바라보고 있다

몸 속의 알

내 몸 속엔 알이 숨쉬고 있다
셀 수도 없는 많은 알들이
이리저리 굴러다니며
깨어날 날만을 기다린다
어떤 것은
타조 알보다도 크고
어떤 것은
참새 알보다도 작은 알들이
붉은 색으로 숨을 몰아 쉬기도 하고
푸른 색으로 숨을 내뿜기도 하며
내 몸 속을 빠져 나오기 위해
서로 껍질을 부딪친다
대낮에 몸과 하나가 되어 있던
크고 작은 악몽들이
밤만 되면
잠 속 깊은 호수에
그믐달이 되어 얼굴을 내민다
아내도, 아들도
코를 골고 있는 시간에
벌떼처럼 날아와

심장 가까이서
구멍을 찾고 있는 삶의 술밥들이
시계 소리를 살금살금 끌고 간다

외발

언제나 나의 몸은
벼랑 끝에
있다
허공의 속살에 한 발을 집어넣고
시멘트가 점령한 사막을
조심조심
걷는다

화초에
물을 줄 때도
오랜만에 만난 친구의 이야기 속에
들어 갈 때도
심지어 애인의 손이
목화송이로 꽃 필 때도
나는 새처럼
하늘 속으로 발을 집어넣는다

고속도로를 달리는
차안에서,
집들과 어우러진

콘크리트 길 위에서,
황톳길만 찾아
두 눈을 두리번거리는
아,
나는

노래의 노래

노래에

전 생애를 실었구나

여름 한 철

가슴을 파고드는

매미의 울음

멀리서 뒤척이는 시간을

파랗게 적신다

소리의 소리

소리가 기어가고 있다
지구를 동쪽으로,
동쪽으로 밀고 간다
나의 눈을 잡고
계단을 오르기 위해
온몸을 틀어 올리는 소리

여름 해는 좀처럼
길을 비켜주지 않는데도
소리의 몸짓은
다리를 절룩거리는
이라크의 병사처럼 처절하다

눈도 없는 몸으로
언제 건물 위의
풀숲을 보았을까
내 눈에 다가와 불을 밝힌
뼈의 그리움이
흙으로 마르기 시작하는데

하수구를 뒤로 밀어내며
소리가 된 지렁이가, 소리를 찾아
온몸을 움직인다
서쪽 하늘이 이글이글
눈을 뜰 때까지

연

누구의 가슴속에서
하늘을 차던 새일까
별이 촘촘히 박힌
가오리 연 하나
시베리아를 건너온 바람 속에
꼬리를 길게 풀어 헤치고
무등산 중머리재 근처를
빙빙 돌고 있다
아무리 발을 길게 뻗어도
더는 날을 수 없다는 것도 모르고
문 닫힌 천왕봉을 향해
온몸으로
발을 두드린다
푸른 창을 활짝 열고
유리처럼 투명한 세계 속으로
발을 깊게 집어넣기 위해
머리를 높이 들어올렸다가
다시 곤두박질치기를
수십 번
연은 보이지 않는 실에

몸이 사로잡혀 있다는 것도 모른 채
죽음보다 더 높은 벽을
거세게 두드린다 핏빛 노을이
산등성이에 등을 살짝 기대고
눈을 비비기 시작하는
별들의 옷자락을
붙잡고 오는데

해를 등지고

지리산 절벽으로 오르는 길에

이름 없는 꽃 한 송이 피어 있다

바위틈에 뿌리를 내리고

그늘 속에 웅크리고 있다

뿌리 근처에 벌레집을 지어놓고

약한 바람에도 온 몸이 흔들리고 있다

푸른 하늘을 향해 손짓을 하며

소리 없이 흐느끼고 있다

돌 꽃으로 가득 핀 꽃말들이

석양을 하얗게 물들이며

누군가를 기다리고 있다

빈방

저녁 8시가 되어서야
나는 나를 본다
혼자인 나, 혼자라는
사실도 모르는 나
식구들이 모두 떠난
빈방에 앉아
책을 읽다
낮잠을 자다
허기진 추억에 사로잡힌다
휴대 전화를 받고 나갔을까
이메일을 보고 나갔을까
아마도 그들은
누군가의 부름을 받고
한창 주어진 코스를 돌며
인터넷에서 만난
이야기 속을 걷는다거나
환타지 소설 속의
인물들을 찾아 움직일 것이다
아니, 컴퓨터 오락게임에
아니, 로봇의 세계에

자신들의 성을 튼튼히 쌓아 놓고
내가 혼자 집에 남아 읽고 있는 책을
내가 혼자 걷고 있는 숲 속 길을
세상 밖으로 밀어내고 있을 것이다
운전을 할 줄 모르는 나를
방안에 버려 둔 채
채팅을 모르는 나를
책 속에 가두어 둔 채

번호

1

그가 내게 다가와 손을 내밀었다 꽉 움켜쥐고 마구 흔든다 이십 년 전에 만난 초등학교 친구처럼, 나의 근황을 물어온다 그런데 나는 왜 그의 호탕한 웃음의 진경을 보지 못하는 것일까? 바닥난 기억력 때문인지도 모를 일이라며 시간이 남긴 내 몸 속의 수첩들을 하나 하나 뒤적거린다 몇 장을 넘겨도 그의 이름은커녕 얼굴마저 찾을 수가 없어 한참을 머뭇거린다 그러자 그는 내게 손바닥만한 명함 한 장을 건네준다 이름 주위로 빽빽이 들어선 글자 숲이 나를 더욱 왜소하게 만드는데, 그는 무슨 할 말이 그렇게도 많은 것일까?

2

머리에 갈색 물을 들인
여학생이 들어와
꾸벅 인사를 한다
'관리 번호 28번입니다'
그 이상은 말이 없다

'어머머, 선생님 이게 얼마만 이예요'

'그동안, 별일 없으셨어요'
'선생님 지금은 어디 계세요'

관리 번호 29번은 몸짓과 발짓을 섞어가며
지도안의 내용을 이야기한다
'지난 시간의 내용은 문학과 현실이었지요'
'거기서 우리는
문학이 현실의 거울임을 알았어요'

'키는 그때나 지금이나 똑같고요'
'얼굴에 주름살만 늘었어요'
'이제 뭐, 할머니 다 되어버린걸요'

'이 시간에 학습할 내용은
김광섭님의 성북동 비둘기예요'
'여기서 우리는 시적 표현과
이 시에 담겨 있는 사상이 무엇인지
공부할 거예요' 라고 말하는
관리 번호 30번의 말이
나의 졸음을 부채질한다

'큰애는 중학교 3학년이고요'
'작은애는 초등학교 6학년이에요'
'제 남편이요'
'지금 목회를 하고 있어요'
'한 백여 명 남짓 모여요'

관리 번호 31번이 올라와
꾸벅 인사를 한다
그가 번호를 말하지 않았다면
나는 그를 28번이나 29번,
또는 30번으로 착각을 했을지도 모른다

'그런데 저의 전화 번호는 어떻게 아셨어요'
'그렇지 않아도 시골에 갈 때면
선생님 생각을 많이 했어요'
'그때 제가 무슨 편지를 썼는지
지금은 전혀 기억이 나질 않아요'

관리 번호 31번은 시의 주제며 형식
그리고 운율이 무엇이라고 한참 동안 설명을 한다

‘벌써 그렇게 되셨어요’
‘하기야 25년 전이니
세월이 너무도 빠르네요’

관리 번호 32번도,
관리 번호 33번도,
관리 번호 34번도,

전화선을 타고 오는 그녀의 목소리에
나는 무엇을 대답하는지도 모르고
전화기만 붙잡고 있다

98점, 94점, 89점, 97점
점수를 기록한 것은 분명한데,
그들이 쓴 지도안이
모두 하나라는 것에 깜짝 놀란다

‘서울에 오시면 꼭 전화하세요’
‘오래 오래 건강하시고요’
‘그리고 사모님께도 안부 전해 주세요’

3

집에 들어서며 우편함을 뒤적이기 시작했다 며칠 간의 외출이 나의 눈을 바쁘게 한다 월간지를 꺼내 잡지사 주간의 동정을 보고 난 후에, 잘 아는 시인의 시를 골라 읽는다 그리고 다음 우편물을 뜯어 카드 회사의 할인 상품 광고를 본다 그런데 이것은 무엇일까? 얼마나 나를 기다렸기에 이렇게 몸을 뒤척이는가! 황선주? 황선주? 아아, 얼마 전에 나에게 손바닥만한 명함을 건네준 사람, 그 사람이 나에게 보낸 청첩장엔 통장 계좌 번호가 눈을 크게 뜨고 있었다

아름다운 나라

그가 아무도 모르게 주물러온
폭탄을 터뜨렸다
미처 대비를 못하고 있던
학생들이 코를 막는다
교실 안이
시골의 오일장처럼
술렁인다
귓속말로 수군거리는 놈
영문도 모르고
서로 손가락질을 하는 놈
그가 터뜨려 놓은
썩은 계란 냄새 같은 독가스는
작은 세계를 흔들어 놓는다
상어 떼보다 더 거세게 밀려오는 폭풍에
소용돌이치는 교실 안은
지금 누가
붉은 깃발을 흔들고 있는지도 모르고
열띤 논쟁에 휩싸인다

아, 세계의 구석구석

독가스를 몰래 퍼뜨려 놓고,
눈을 부라리는 사람은

그가 화장터로 간 이유

그의 죽음에 대해 사람들은 침묵을 했다 술을 함께 마셨
던 사람들도, 모임을 같이 했던 사람들도 얼굴을 내밀지 않
았다 다만 그들의 가슴속에 내건 깃발이 북풍 한설로 불어
왔다

화장터 굴뚝으로
검은 연기가
솟아오른다
60년 숨어 있던 이야기가
하늘로 줄줄이 길을 낸다
몸에 담고 온 시간을
사람들의 가슴속에서
지우려는 듯이
검은 사연들이
하얀 연기가 되어
산비탈을 돌아 나간다

발길이 닿지 않은 섬처럼,
그가 남긴 마지막 말을 듣고
강으로 가는 가족들을

흘끔흘끔 바라보며

　사람들은 연기로 사라져 간 그에 대해 언성을 높였다 술을 같이 마셨던 일이며, 함께 노래방에서 또는, 과부 집에서 비틀거리던 일을 법정에 나온 피의자처럼 핏대를 올렸다 그러나 아무도 그의 가슴속에 고인 샘물을 들여다보지 않았다 그가 화장터로 간 이유를 모르는 사람들이 오늘도 그의 아물지 않은 상처에 담뱃재를 툭툭 턴다

기도문을 찾습니다

눈을 지그시 감고 잃어버린 기도문을 찾았다. 유행가 째진 소리를 뚫고 막노동꾼의 연장 가방 같은 머릿속에서 몇 마디 말이 꿈틀거린다.

"하늘에 계신 우리 아버지여…"

더 이상 길을 찾을 수 없었다.

아무리 가시덤불을 헤치고 옛 사람들이 남겨놓은 발자국을 찾았지만, 녹슨 세월은 좀처럼 껍질이 벗겨지지 않는다.

빌어먹을 '예수는 없다' 더니, 진짜 예수는 우리 곁을 떠나버렸을까?

다시, 굳게 닫힌 철문을 두드리듯 하늘로 가는 길을 찾는다.

"세상을 창조하시고 우주 만물을 지배하시는…"

니미 똥이다, 똥. 오늘 아침에도 밥을 굶은 사람이 얼마인데, 내 동생은 목사의 아내지만 13평 월세 방에 이불보따리 끌러놓고 예배도 못 드리고 덜덜 떨고 있는데…

"평화와 평안을 주신 아버지 하나님 감사합니다."

얼마를 버스 속에서 나도 모르게 흔들렸을까?

어제 저녁 퇴근길에 하나님의 축복이 하늘을 찌르는 교회 속에 이끼 묻은 돌덩이로 탑을 쌓다가, 차를 같이 타고 가던 여 선생님에게 채인 명치끝이 아프기 시작했다.

믿음은 풍경 너머의 풍경을 보는 것이라며, 믿음을 모르는 까막눈의 소치라는 말이 몸 속에 숨어 있던 뱀처럼 기어나와 얼굴 위로 기어오른다.

그래, 그래! 믿음은 경륜이고, 믿음은 또, 순종이야.

하나님은 눈이 없으니 말할 것이 없고, 우리 곁에 영원히 살아 계신 목사님께 순종만 잘하면 천국은 따 논 당상이라고 했던가.

옆에서 누가 죽던 말던, 주님, 주님 부르며 나만 배터지게 성경 말씀 먹고 지고. 애이, 니미 좆이다.

다람쥐가 남기고 간 이야기

아들과 함께 산길을 가다가 바위틈에 나뭇가지로 덮여 있
는 도토리를 배낭에 가득 채워왔네 집에 돌아와 배낭을 여
니 울음소리 같기도 하고 웃음소리 같기도 한 이상한 소리
가 들렸네 자세히 들어보니 보랏빛 작은 눈으로 세상을 열
어놓은 들꽃들이 몸부림치며 누군가를 부르고 있었네

그리고 오늘 다시 산길을 가며 다람쥐들이 살던 집을 보
았다
그들의 발톱자국과 이빨자국이 남아 있는
나뭇가지들이 여기저기 흩어져 있고
제비꽃들이 물결을 이루며 굴 밖으로 흘러가고 있었다
눈 속에 갇혀 배를 움켜쥐고 주절거린 다람쥐 가족의 이
야기가
맑은 보랏빛으로 눈을 떴다

시간의 그림자

크고 작은 바윗돌들이
아내와 내가
서로의 발에 발을 얹듯,
햇볕 살짝 웃는
한옥 마을로 살고 있네
이웃집 마당으로
처마 그늘을
길게 늘어뜨리며
봄을 애타게 기다리는
산 동네 어디쯤일까
주인들이 모두 떠난 뒤로는
시간의 그림자만
굴러다니는
선유동 어디쯤일까
아지랑이의
다홍빛 치마 출렁이는
쌍계사 계곡이
못다 이룬 겨울의 꿈을 안고
내 몸 속의 빗장을
살며시 여네

함께 목마 타던 동무들의
발자국, 넘실대는
하얀 물살 위로
알몸의 나뭇가지들이
손을 길게 뻗는 오후

장구목의 봄

봄빛이 황톳길 위에서
손을 덥석 잡는다
길이 유채 꽃 만발한
유년으로 발을 길게 뻗는다
내 몸의 어딘가에서
소리 없이 움직이는 목소리를 따라
가슴을 내려놓은 장구목
알로 숨어 있던 섬진강 이야기를
누군가에게 도둑맞은 반석 위에
아련한 그림자가 드리운다
물줄기는 산을 휘감고
길을 떠나려 하는데
바람은 옷깃을 스치며
하얀 진달래꽃으로 흔들리는데
열목어가 꿈을 줍는
강물을 따라온 산비탈에
나무마다 돋기 시작한 밀어들이
조랑말처럼 달린다
소리 없이 지나간 시간들이
살며시 연록의 빛으로
출렁이는

봄 길

원달에서 걸어나온 길이 내 몸 속을 지나간다 잠을 자고
있던 집들이 하나 둘 일어나서 거친 손을 내민다 텅 빈 들녘
을 지나가던 바람이 살짝 어깨에 걸터앉아, 잊고 있던 동무
들의 소식을 내려놓는 길

허물어진 임해대군
선산 관리 원에도
산수유 꽃이
개나리 꽃 속으로
노란 웃음을 흘려 보낸다

어디론가 숨어버린 한 떼의 아이들이 바람 빠진 공을 따
라 이리저리 움직인다 길가에 마중 나온 나무들이 할머니의
이야기로 소곤거리다, 뿌리에 담아 놓은 꿈을 저녁 노을 속
에 풀어놓는다 올망졸망한 얼굴들이 벚꽃으로 피어있는 버
스 속에서 꿀벌들이 윙윙거린다

학정리에 숨어 있는 하늘

탱자나무 울타리를 잡고 길이 서서히 움직인다

우물가에 모인 아낙네들의 웃음소리가 돌담을 슬쩍슬쩍
넘어와 집안 곳곳을 훔쳐보고 있었다

집을 나온 수탉 한 마리가 물끄러미 하늘을 올려다본다

누더기 옷을 걸친 아이가 돌담 곁에 주저앉아 암탉 주위
에 모여 있는 병아리 떼를 지켜보고 있었다

마을 앞 냇가에서 갈대꽃이 시냇물로 흐른다

기러기 떼가 푸른 하늘을 뚝뚝 떨어뜨리며 저녁 노을 속
으로 날아갔다

무너진 돌담을 끼고 들어간 마을 어딘가에서
내 키만큼 자란 마른 풀숲을 헤치고
아낙네들의 웃음소리가 들려온다

아버지의 사진

아버지가 갇혀 있다
작은 눈 속에
팔십 년 가까이
가두어 놓은 비비새가
안개 자욱한 철창 안에서
혼자 눈을 뜨고 있다

소리를 잃어버린 채
날개를 파닥이며
주둥이를 내미는 눈 속의 새가
나를 향해 종종 걸음으로 다가오는
아버지의 사진

하얀 수염을 타고
흘러내리는 것은
미소일까, 눈물일까
밀짚모자, 때묻은 메리야스,
군데군데 기워놓은 파자마,
그리고 다 떨어진 신발을 신고
아버지는 핸디 투 오토바이에

시동을 거시는데

아버지의 눈 속을
빠져 나온 비비새가
내 가슴속에 들어와
붉은 살점을
콕콕 쪼아댄다

바퀴가 도망간 자전거

오랜만에 시골집을 찾아
발길을 옮겼다
바람에 삭고 있는 건물들이
수몰된 마을처럼 다가왔다

삐걱거리는 대문을 열자
폐품들이 잡초 속에 숨어 있다가
일제히 눈을 뜨고 달려들었다
들을 건너오는 비바람으로부터
산을 넘어오는 눈보라로부터
아버지를 굳게 지켜주던
자전거 바퀴
경운기 엔진

아버지가 버리지 못한 물건들이
하나 둘 내 가슴속에 들어와
고물상을 차렸다

어젯밤 꿈속으로 찾아 온 얼굴들이
멀리 돌아나가는 코스모스 꽃길 속에서

가물가물 흩어지는데
들을 수 없는 아버지의 음성만
몸 속으로 난 오솔길을 걸어간다

꿈속의 집

꿈의 가장 자리에서 아버지가 나를 맞는다
손에 앉은 바람 자국을
입으로 호호 불어주며
어린 나의 눈 속에 깊이 숨어 있는
초가 한 채 들어 앉힌다
노을을 불러들이기에는
뜰이 너무도 좁다며
마당을 두 배로 넓혀 놓고
남쪽 끝에 또 한 채 집을 짓는다
아름드리 두리기둥
파도 소리 곤한 잠을 자는 갈대 지붕
내 꿈속의 습지에서 놀던
뱀이며 악어 떼를 몰아낸다
마당에 모여든 햇볕이 들꽃의 머리를 쓰다듬고
대숲에 숨어 있는 바람의 웃음소리가
살금살금 숨어드는 집

밥꽃

1
녹차 잎이 황토 빛으로 몸을 풀 때
그가 가슴속 깊이 간직하고 온
밥꽃을 꺼내 놓는다
한겨울 세상이 하얗게 눈을 뜨면
보리 위에 살짝 얹은 쌀들이 익어가며
솥뚜껑에 김이 서려 만든 꽃
흰떡에 찍힌 국화꽃처럼
무늬가, 꽃무늬가 가슴속에 들어 와
고사리 손으로 파놓은 서리꽃 판화가 된다

2
우리 집엔 할머니, 어머니 그리고 벙어리 삼촌과 우리 오
남매가 큰 방, 작은 방에 뒤엉켜 살았어요

그가 가슴속에서 꺼낸 하얀 꽃이
석류 알처럼 눈을 뜬다

동란이 끝난 지 십 년이 지났는데도 행방을 알 수 없는
아버지는 어머니보다 할머니의 가슴에 더 많은 숯 덩이를

만들고 있었어요

　향기 없는 향기가
코끝을 짓무르는 돌이 된 꽃

　그런데도 우리 오 남매는 서너 다랑지 천수답에 매달려
꿈을 토실토실 키워가며 곤한 잠에 쑥 빠지곤 했어요

　아직도 산중 마을 가마솥 뚜껑에는
김으로 서려 있을 거라며

　어찌나 잠이 맛이 있던지 어머니가 겨울 긴긴 밤을 샀바
느질로 지새는 것도 모르고 있었어요

　우리의 눈동자가 밥꽃 주위에
아롱아롱 매달리는데도

　날이 훤히 샌 다음에야 우리는 눈을 비비고 일어나 입을
나발수만큼 내밀고 앉아 밥상을 기다렸어요

어머니는 할머니의 밥그릇에만
밥꽃의 열매를 따 담으셨다고

그것도 하루에 한 번 먹는 밥이라 어떻게 목구멍으로 넘
어가는 지 모르고 한 그릇을 게 눈 감추듯 비웠어요

피보다 더 아린 눈물 방울을
내 가슴속에 뚝뚝 떨어뜨린다

3
할머니가 어머니 몰래 퍼준 하얀 밥알을 더 씹었는데도
뱃속은 꾸르륵거렸어요 그러나, 어쩌다 온 식구가 화롯가에
둘러앉아 군고구마로 입가에 숯검정을 묻힐 때면 돌아오지
않는 아버지는 모두 잊어버리기 일쑤였어요.

지지 않는 보름달

한가윗날 길을 밝힌
달님이여
올해는 그대 품이
어머니의 가슴처럼 비좁구나
들녘은 노란 물결 출렁이고
집안은 웃음소리 파도치는
내 유년도 풍년이요
내 소년도 풍년인데
누가 지금,
강물이 마른다고 하는가
농악대의 꽹과리 소리,
장구소리
소리 패의 소리에 맞추어
어절씨구 어절씨구
얼씨구나 춤을 춘다
아버지는 발을 풀고
어머니는 손을 놓고
바람에 몸을 맡긴
허수아비
허수아비

참새 떼도 함께 춤을 추는
추석인데,
누구의 입술을 훔쳤는가
누구의 젖통을 보았는가

아, 내 가슴속에
오늘도 지지 않는
보름달

지워진 길

한신 계곡이 내 몸의 문을 연다
드문드문 남아있는 리본이
소리 없이, 지나간 시간을 뒤적인다
지워질 듯 지워지지 않은
언덕 너머 단풍나무 숲으로 난 사잇길에
저녁 노을이 머리를 풀고 앉아
누군가의 얼굴을 찾아 두리번거린다
그림자가 모두 지워진 어둠 속에서
오지 않는 사람을 기다리는 길손처럼
폭우가 휩쓸고 간 자리 위로
마른 나뭇잎들이 걸음을 재촉한다

동행

까마귀 울음소리 같은 어둠이

늦가을 바람만 살쾡이처럼 눈을 뜬 들녘을

성큼성큼 걷고 있었네

허수아비 몇이 몸을 비틀거리며

자꾸 내려 앉으려드는

저녁 노을을 쫓고 있었네

머리에 서리가 꺼멓게 내린 할머니 한 분

지팡이를 짚고 논 가운데서 절룩거리는데

초저녁달이 뒤를 따르며

할머니 머리에 인 광주리 속의 벼이삭을

아무도 모르게 훔쳐내고 있었네

겨울의 등을 다독이며

포장마차 안에 별이 들어와 있다 누구의 눈에도 띄지 않
은 별이 빠른 걸음으로 재촉하는 겨울의 등을 다독거린다
버스에서 내린 길손이 길을 잃지 않도록 붕어빵으로 익고
방금 시험을 끝내고 나온 아이들이 길바닥에 넘어지지 않도
록 찹쌀 호떡으로 노릿노릿 탄다

은행잎은 허공을 휘저으며,
살풀이춤을 추며,
하늘을 향해 날아가다
곤두박질 치는데
벙어리 부부가 주고받은 미소가
내 등에 붙어 뒤를 따른다

거리

  사각의 틀에 은행나무가 갇혀 이리 저리 흔들린다 그 밑
에서 얼룩이 든 은행잎들이 바람을 잡기 위해 몸부림친다
마른 잡초 속에 숨어 있던 시간들이 고개를 내밀고 주위를
살핀다 태풍이 머물다간 자리, 벌레가 갉아먹은 자국이 거
리를 기웃거리는 오후

  쟁기질해 놓은 논 다랑지 같은 주름살이
  얼굴 위를 서서히 걸어가는 할머니 세 분
  무 다발을 산더미처럼 쌓아 놓고
  찬밥덩이를 된장국에 말아
  몇 개 남은 이 사이로 홀짝거린다

병원 풍경

혈액 종양 내과 대기실에 줄무늬 감색 잠바를 걸친 청년
이 의자에 앉아 눈을 두리번거린다 초점을 잃은 눈동자로
손잡이도 없는 문을 기웃거린다 머리카락도 없는 머리에 파
리가 잠시 앉았다 날아가는데도 좀처럼, 이마에 묻은 똥을
치우려 들지 않는다

깊은 정적의
그림자가
또 다른 그림자를 찾아
소리 없이 움직이는
오후

옆에서 어머니가 고운 체로 눈물을 걸러내는 것도 모르고
자꾸만 무어라고 중얼거린다

먼동을 깨우는 소리

한여름인데도, 나는 솜이불을 둘러쓰고
방안에서 끙끙 앓고 있었네

외가도, 심센 집도, 강수골 아짐 댁도
호롱불이 꺼진지 오래인데
대낮에 들어온 뜨거운 공기만
아랫마을을 슬금슬금 기웃거리며
아침에 백 리 밖으로
약을 사러 가신 아버지를 기다렸네

대숲 속에 숨어 있다가
눈가에 잠을 매달고 들어온 바람이
어머니의 납빛 얼굴에 붙어
쫑알거리는 땀을 닦아주며
먹구름 속으로 희미하게 얼굴을 내민 별들을
하나 둘 세기 시작했네

울타리도 없는 집으로 짐승들의 울음소리가
방문을 수시로 두드리는 밤
내 곁을 혼자 지킨 어머니의 긴 한숨 소리만
발갛게 먼동을 깨우고 있었네

몸 속으로 난 길

어머니의 몸 속으로 난 험로를 따라
풀뿌리들이 길게 발을 뻗는다
머지 않아 찾아올 새봄에
새싹으로 돋기 위한 밀 알들이
빠른 걸음으로 움직인다
더 푸른 생명을 잉태하기 위해
몸 중심으로부터 밀고 나온 통증이
어머니의 온 몸에 독주로 퍼지는가

아, 내 몸이
가을 산의 빛깔처럼
활활 타오르고 있다

작은 눈

지리산의 심장 두근거리는 소리 반달곰으로 내려오던 대성동 계곡에, 소나무 한 그루 바위를 붙잡고, 하늘 끝을 향해 안방 깊숙이 숨어있던 산 사람들의 이야기를 담아 꼭지에 불을 붙인다

소리가 재가 되어버린 누군가의 소원이 담쟁이 넝쿨이 되어, 절벽 사이사이 바람의 시체만 숨어있는 바위틈에 뿌리를 내리며, 아이의 손바닥 같은 잎 속에 푸른빛을 담기 위해 발을 꼼지락거린다

재가 되어 가는 나무

멀리 흩어져 있던 노을의 무리들이
산발한 머리에 어둠을 이고 와
지친 다리로 잠을 잘 곳을 찾고 있는 공동 묘지

추억을 붙잡고 있는 집들처럼
봉분이 무너진 무덤들이
군데군데 마을을 이루고 있는데

이장을 하기 위해 파헤쳐진
누군가의 집이었던 무덤 속에
미처 챙겨가지 못한 영혼이
잃어버린 아들을 찾아 눈을 두리번거린다

재가 되어 가는 소나무 한 그루
어머니의 눈길 같은 솔잎 몇 개 바람에 나풀대며
병아리 떼처럼 우글거리는 새싹들을 굽어보고 있다

고마리 풀꽃

초저녁 별들이 내려 와 소금꽃으로 핀 풀밭에, 봉분 없는
작은 무덤 하나 부산하게 걸어간다 반딧불이 된 토담집이
무덤 주위를 빙빙 돌며 아득하게 잊혀져 버린 사투리를 떨
어뜨린다 멀리서 들려 오는 풀벌레 울음소리가 어둠 속에
징검다리를 길게 놓는 밤

빈 젖을 빨던 소리가 하얀 고마리 풀꽃으로 피어, 긴 강
을 건너가기 위해 내 가슴속에 바위뿐인 섬을 내려놓는다

초분이 걷고 있다

염포 가는 길은 나의 잃어버린 시간 속에 있다
누빈 바지를 입고 뒤꿈치 다 닳은 양말을 신고
산길을 넘어 학교로 가던 추억이
양지바른 곳에 혼자 서서 누군가를 기다린다

짠물이 안개비처럼 눈앞을 가리는 길
바다는 발 밑에까지 다가와 출렁거리는데
이제 영신 할매가 된 아름드리 해송이
솜털구름으로 그늘을 내려놓은 산비탈에
잎이 마르지 않은 초분 셋이 나란히 놓여 있다

쉬지 않고 땅 끝까지 걸어온 사람
더는 걷지 못하도록 길을 막기 위한 것일까
억새 다발로 덮은 관을 새끼줄로 꽁꽁 묶어
바위를 매달아 놓은 누군가의 지나온 길이
소리 없는 휘파람처럼 바닷바람으로 흐느낀다

수도승이 만든 토굴보다 더 작은 집에 누워,
한 번도, 하늘을 꿈꾸어 본 적이 없는 꿈을
조심조심 풀어 겨울 햇볕에 말리고 있는 사람

부활절

추월산 깎아지른 절벽 길을
진달래꽃이 기어오른다
누구의 몸 속에서
울부짖던, 사람의 소리가
분홍 꽃으로 물이 드는 것일까
죽은 새들의 비명 소리
나직이 숨어들고
계곡 속에 발을 담그고 있는
나무들의 노래
파랗게 귀를 적시는데
어둠을 털어 내며
정상으로 향하는 무리들의 발길
피를 흘리며
줄줄이 이어진다

선암사 운수암

비구니의 목탁 소리가
거대한 바위에
정을 박는다
조용하던 하늘이
깜짝 놀란 듯이
수탉처럼 홰를 친다
소리 없이 흐르던 계곡 물에
톡톡 떨어지는 통나무의 음성
여승의 몸을 빠져 나온
눈물 방울들이
서로 뒤엉켜 흐르기 시작한다
암자 주위의 잡초 밭에
자줏빛 초롱꽃이
수북히 피어 있다

여름, 산사에는

온 산이 비에 젖는다
여름 한낮에 내리는 비
땅벌처럼 윙윙거리는
햇빛의 줄기를 잡고
허공을 파랗게 적신다

목어의 울음도
처마 밑 풍경 소리도
낮잠이 곤히 든 산사

매미의 노래로 여물기 위해
홀로 깨어 있는 늙은 소나무가
구부러진 허리를 펴지 못하고
엉금엉금
부도 쪽으로
그림자를 늘이는데

누구일까,
대지팡이를 짚고
사사자 삼층석탑을
혼자 돌고 있는 사람은

석양 길

서산 마루가 바다 위로 오른다
숨을 헉헉거린다

아무도 찾지 않은 산사

나의 길을 향해
금발의 노부부가
손을 잡고 걸어나온다

석양빛이 반짝이며
시냇물을 따라 흐른다

은행나무 두 그루가 주고받은 말들이
원을 그린다

부러진 가지를 부둥켜 앉고
누군가를 애타게 기다리다
떨어뜨린 은행잎들이
무언가를 찾아
물살을 일으킨다

내 몸에 난 구멍들을
살금살금
들여다보는

5

우주로 향하는 로켓

은밀하게 준비해온
작전 계획은 끝났을까
소리도 소문도 없이
그들이 동토에서 꾸민
우주 점령 계획이
착착 진행되는 동안
우리는 모두 몸을 움츠리고 있었다
더러는 아파트 방 한 구석에 앉아서
더러는 사무실 난방기 곁에 엉덩이를 붙이고
결국은 그들에게 땅을 내어 주고 말
우주의 장래에 대해 진지하게 이야기했다
어떤 사람은 가슴속의
눈물샘을 건드리며
어떤 사람은 몸 속의
요령을 세차게 흔들며
그들이 점령군이 되어 진주할 영토를
아무도 모르게 방문할 계획을 세우고 있었다
인터넷을 뒤져 차편을 알아보고
거기서 묵을 호텔,
그리고 로켓이 발사되는 순간을

찍어 놓을 최고급 카메라까지 준비해 놓고
우주가 평정이 되는 오르가슴을
함께 맛보기 위한
연인을 찾기에 분주했다
카운트다운을 기다리던 그들이
모두 한 곳에 모여 주위를 살피고 있다는 소식이
산을 넘고 강을 건너 담 밖에 서성일 때,
그들이 밤잠을 자지 않고 준비해온
작전 계획이 세상에 모습을 드러냈을 때,
우리는 조용히 숨을 몰아 쉬며
행복을 꿈꾸기 시작했다

그것이 비록, 나비의 날개 끝에 파닥이는
바다인 줄 알면서도,
산수유 고목에 모인 그들이
눈을 노랗게 뜨고
한꺼번에 쏟아 놓을 새 떼를
가슴속에 품고 올 음모를

그들의 함성은 너무 작아 들을 수가 없다

귓속말 같은 함성이
군데군데 모여 있다
바람이 자꾸 건드려도
그들의 작은 함성은
움직이질 않는다
잠시 흔들릴 뿐,
다시 제자리로 돌아와
겨우내 뿌리 끝으로 듣고 온
지구의 소리를 지킨다
한겨울 동토에서
몸을 움츠리고 있다가
이른 봄만 되면
어김없이 얼굴을 내밀고
보랏빛 소리를 내는 풀꽃
그들은 작은 몸으로
세계를 꼭 껴안고
아무도 듣지 못하는
우렁찬 함성을 지른다
햇볕이 강을 이루며
들길을 따라 흐르는
오후

봄비 내리는 아침
— 일요일에 쓴 편지 · 1

봄비가 느릿느릿 걸어와
내 가슴을 두드린다
오랫동안 갇혀 있던
발자국들이
하나 둘 일어나 움직이기 시작한다
누군가에게 쓰다만 편지며
밤을 새워 담아 놓은 일기가
정원에 피기 시작한 철쭉꽃처럼
비에 흠뻑 젖는다
어디서 날아온 나비인지
작은 날개를 나풀거리며
옛 친구의 음성으로 다가오는 아침
춘곤증에 깊게 빠진 책장을 넘기며
닫힌 문을 활짝 연다

보라색 풀꽃이 눈을 뜨는 석양에
― 일요일에 쓴 편지 · 2

어스름이 슬며시 기어든 방에
새싹들의 발걸음처럼 번지는
작설의 향기를 곱게 담아
봄바람에 실어 보낼까
푸르스름한 빛이 비릿하게 스며든 편지지에
가슴 밑바닥으로 흐르는 강물을 담아 보낼까
저 건너 산비탈 묵정밭엔
또, 아지랑이 서성거리며
내 마음에 갇힌 시간 속을 살금살금 기웃거리는데
몇 천 년 동굴에 갇혀
바람에 삭고 있는 우파니샤드 같은 침묵이
주위를 휘감고 도는데
산 그림자 속으로 숨고 있는 노을 길의 그림자가
누런 흑백 사진 한 장 살그머니 떨어뜨린다
보라색 풀꽃이 간잔지런하게
눈을 뜨는 석양에

노란 울타리
— 일요일에 쓴 편지 · 3

화엄사를 돌아 나온 물이 울타리를 친다

누군가의 가슴을 슬그머니 빠져 나와
나의 눈을 노랗게 물들이며
길을 가로막는 꽃

소리 없이 주절거린 말이
종종거리는 병아리 떼처럼
환하게 등을 거는가

언제 내 가슴속에서 걸어 나온 별인지

봄볕이 포동포동 살진 계곡 속으로
하얀 나비 한 마리 살그머니 불러들인다

벚꽃이 지는 아침
― 일요일에 쓴 편지 · 4

행진곡이 울타리를 넘어온다
소리 아닌 소리가
벽돌담을 뛰어내린다

사막 같던 운동장이
푸른 하늘을 향해
소리의 기구로 부풀어오르고
그 밑에 주렁주렁 매달린
아이들의 작은 풍선

어디에 숨어 있다
귀를 세운 바람일까
꿈이 부풀어 있던 나뭇가지에
작은 엉덩이를 살짝 붙인다

꽃으로 숨어 있던
연분홍 밀어들이
나뭇가지를 밀어내며
푸른 잔디 위에
눈꽃 송이로 내려앉는다

그리워한다는 말 대신
― 일요일에 쓴 편지·5

작은 소리들이 뒤를 따른다
내 발에 족쇄를 채운다

한참을 두리번거려도
소리의 주인은
찾을 수 없는데

소리를 잃은 소리만이
뜰에 가득 모여
붉은 파도를 일으킨다

오월 하늘이 반질반질 닦고 있는 눈을
어쩌지 못하겠다는 듯이
꿀벌들에게 속삭이다만 이야기
나에게 살며시 들려준다

아, 누구던가
그리워한다는 말 대신
철쭉꽃으로 피어
뜰을 가득 채운 사람은

유월의 햇빛이 얼음처럼 반짝이는 날
— 일요일에 쓴 편지 · 6

오지 않는 사람을 기다리며 마당을 쓴다
패랭이꽃으로 피어나던 나의 꿈들이
잡초더미 속에 덮여 있다가
작은 눈을 바르르 뜬다
바람 속에 나뒹굴던 마른 꽃잎들은
모두, 어디로 숨었을까
잠시 한눈을 파는 사이에
낯선 세계가 살며시 문을 연다
삐걱거리며 내 가슴속에 발을 집어넣는 말
흙 속에 묻혀 새로운 꿈에 젖어 있던 풀꽃들이
눈을 게슴츠레하게 뜨고
죽지 않은 시간을 지그시 밟는다

유월의 햇빛이 얼음처럼 반짝이는 날

어느 석양
― 일요일에 쓴 편지 · 7

푸른 물이 짙게 든 태양이,
자갈밭 논 다랑지에
자운영 꽃으로 핀
옛이야기를
느릿느릿 주워 담는다
엷은 잠옷을 걸친 바람이
노곤한 몸을 부리고
잠시 눈을 붙이는 것을
보았을까
이글이글 타는 눈으로
산 속의 그림자를 끌어내리다
노을의 물통을 살짝 엎지른다

늙은 농부가 뒤를 따르며
저녁 해가 그린 그림을
몰래 훔쳐보고 있다

가을 한 때
― 일요일에 쓴 편지 · 8

　내장산이 내 몸 속으로 들어와 마당을 쓴다 장마가 남긴
자국을 찾아 구석구석 비질을 한다 세월을 따라온 잡초도
뽑고, 굶주림에 지친 늙은 우간다 인의 얼굴처럼 가슴에 패
인 골도 매우며, 그동안 묶여 있던 발을 씻는다
　아이들의 동요로
　물을 들이며
　사람들을 향해
　부산하게 손짓하는 산
　아직도 서래봉은 허공에서
　사다리를 내리려 하지 않는데
　고추잠자리 한 마리
　단풍나무에 앉아
　꽃봉오리보다 더 붉은
　나뭇잎을 더듬거린다
　사과즙으로 익은 노을이
　서쪽 하늘을 내려와
　강물로 흐르는 석양에

방문을 열면
― 일요일에 쓴 편지 · 9

갇혀 있던 어둠이 일어나
슬금슬금 자리를 뜬다

불투명 유리창 사이로
살며시 숨어든 빛이
허리 구부정한 할머니처럼
마른 얼굴을 내민다

쪽진 머리에 옥비녀를 꽂고
잿빛 두루마기를 입은 어머니는
방금 잠에서 깨어났을까

한 채의 이불이 지키고 있는 방
한 쪽 구석에 못이 박힌
앉은뱅이 다과상 하나
누군가를 기다리다
목이 잠긴다

눈발
― 일요일에 쓴 편지 · 10

차창 밖에서 눈발이 아우성을 친다
삶의 무게를 놓아버린 영혼들이
세상 밖의 하늘을 쌓기 위해
하얀빛의 말들로 가슴을 두드린다
세상은 곤한 잠에서 깨어날 줄 모르는데
땅위에 새로운 왕국을 열어놓고
산상의 아침 문을
거세게 잡아당긴다

눈이 만든 세계 1

지금 나는
혼자 걸어가고 있다
커다란 방패를 들고
바위처럼 굳어버린
적막을 깨운다
아무도 밟아 본 적이 없는 사막에
조심조심 발자국을 찍고 있다
잠시 후면
지워지고 말
나만의 집을 짓기 위해
땀을 비 오듯이 쏟아낸다
사람이 걸어간 길도
신이 남겨놓은 음성도
모두 폭격을 당한
폐허의 동굴 속을 걷고 있다
손을 더듬거리며
수십만 년,
어둠이 만든
종유석 기둥을 찾아
절벽을 기어오르는 내가

달의 길도 막히고
별의 길도 지워진
순백의 세계에
함몰되어

눈이 만든 세계 2

세상은 어둠뿐이다
하얀 재가
거대한 도시를
덮고 있다
가로등 하나
보이지 않는 거리를
질흙 같은 어둠이
바람을 일으킨다
내가 아는 산도
내가 아는 강도
모두, 어둠에 덮여
새로운 빛을 기다린다
수평선만 아득한
망망대해처럼
내 가슴에 다가와
눈을 뜨는 언어는
눈물 보다
크다

지리산의 四題

1. 꽃이 모여든 각황전

누군가, 누구인가
무서운 소리로
함성으로
하늘을 향해
온몸을 내던지는데
그대 가슴속에
꼭꼭 숨은 백자 같은 숨결
무던히도
애를 태우는구나

2. 원추리 노란 물결

마야의 땅을 나와
끝없이
걷고 있는 꽃
언제
돌아갈 지도 모르는
길을 따라

해가 지는
산마루에 오르다
쏟아지는 별들의
수레바퀴로 구른다

3. 천왕봉이 반야봉에게

아, 당신은
이쁜 궁둥이
이쁜 궁둥이
구름 위에
낙조를
곱게 빚어 놓고
손님을
기다리는가
어둠을 닦고 있는가
하얀 밤을
홀로 지새는
아, 당신은

4. 서설이 내리는 노고단에

하늘을 향해
날개를 활짝 편다
땅에
뿌리를 박고
사람들이
모두 잠에 취해
시간 속으로 난
오솔길을 걷고 있을 때
그대 사뿐히
발을 뗀다
첫눈, 내리는 날

순수세계를 향한 정신과 몸

허형만

(시인, 목포대 교수)

1.

김영박(1954~) 시인은 1994년 《현대시학》으로 등단한 이듬해 첫시집 《지리산이 전서체로 일어서다》로 일약 문단의 주목을 받았다. 당시 지리산 자락 구례의 한 고등학교의 국어교사로 근무하면서 지리산을 수없이 오르내리며 자신의 시정신을 지리산에서 찾았던 시인은 2001년 두 번째 시집 《지리산 시편》을 우리에게 보여줌으로써 지리산이 그의 시의 텃밭임을 다시 한번 재확인시켜 주었다.

이제 세 번째 시집 《나비가 깨뜨린 平和》를 상자한 시인은 그가 두 번째 시집까지에서 보여주었던 지리산의 감성과 눈을 세상으로 돌려놓고 있음을 본다. 그의 고백처럼 이번 시집에서 세상에 대한 새로운 깨달음과 현실 비판, 그리고 자아발견을 통한 현실과의 화해가 곳곳에서 발견되고 있음은 등단 10년 만에 보여준 그의 시정신의 변모가 아닐 수 없다.

특히 이번 시집에서 우리가 주목할 것은 '나비'와 '몸'의 정체이다. '나비'에 대해 시인이 "우리는 언젠가는 모든 것을 그냥 둔 채 하늘을 향해 훨훨 날아가야 할 존재임을 의미한다"고 밝힌 것은 시인이 추구하고자 하는 정신, 즉 순수세계를 지향하고자 하는 정신으로서의 살아 움직이는 생명에 다름 아니라고 본다. 또한 '몸'은 이러한 정신의 통로이자 운반체이다. 그러기에 시인이 추구하고 있는 '몸'의 이미지는 시인이 살아가고 있는 사회 속에서 하나의 영향력 있는 실체로 등장한다. 사실 상징주의와 연관된 '몸'에 대한 특별한 관심을 가졌던 쪽은 인류학이었음을 우리는 잘 알고 있다. 브라이언 터너에 의하면 의례를 통해 몸을 준비하는 것, 희생시키는 것, 그리고 통과의례를 통해 몸을 문화적으로 변형시키는 것은 문화인류학의 중심 주제들로서 지속적으로 연구되어 왔다.

사실 인류 역사에서 인간의 몸은 정치적, 사회적 관계들을 표현하는 유력하고 지속적인 메타포였다는 터너의 지적은 김영박 시인의 시속에 등장하는 '몸'의 의미를 이해하는데 상당한 도움이 된다. 그것은 시인이 순수세계를 지향하고자 하는 시정신에서 뒷받침된다.

2.

　먼저 이 시집의 표제에서도 드러나듯 김영박 시인이 "이 시집의 화두가 나비"라고 밝힌 '나비'의 존재와 시적 메타포는 과연 무엇일까. 나비는 풍뎅이와 함께 윤회가 가능하다는 것 때문에 그리스인들, 에트루리아인들, 그리고 이집트인들에 있어서 영원한 영혼의 이미지로 나타난다. 따라서 이때의 나비는 곧 생명과 동일시되거나 재생의 상징으로 쓰여진다.

　　교실 안을 사막으로 채워 놓았던 하얀 새들이 하나 둘 자취를 감추기 시작한다 끝이 보이지 않는 바다 위로 태양이 얼굴을 내미는 순간처럼, 허공에 균열이 이어지며 빛이 모여들고 있다
　　소리도 없이 깨어지는 침묵이
　　봄날 오후의 나른함에 물을 준다
　　그가 떨어뜨린 노란빛이 내 몸 속에 깊이 잠든 호수를 깨우는 것일까 나는 잠시, 내가 입고 있는 옷이, 내가 신고 있는 신이, 그리고 내가 항상 쓰고 있는 모자가 노란빛이라고 마침표를 찍는다
　　잠시 후, 그는 투명 인간의 몸을 기웃거리듯 교실 안의 유리창을 두드리기 시작한다 아무리 들여다보아도 열 수 없다는 것도 모르고 그는 날개를 파닥이며 이곳 저곳을 훔쳐보고 있다
　　그러다 그는 지친 듯이 유리창에 붙은 하늘에 물들어가며 자신이 만들어 온 균열을 지운다 다시 교실 안은 천 년 전의

시간이 돌담을 넘어가는 담쟁이 넝쿨처럼 움직인다 그는 분
명 푸른 명상에 몸을 적시기 위해 자신을 비우고 있으리라 교
실 안에서 움직이는 것을 찾아 밤을 하얗게 연출하고 있는 것
이리라

나른함이 빵처럼 부풀어오른
유리관 속의 평화를 깨고
탈출을 꿈꾼 자
아, 그는 누구일까?

— 〈나비가 깨뜨린 平和〉 전문

이 시가 우리에게 보여주고 있는 풍경은 봄날 오후 교실
안에 들어온 나비와 시적 화자인 내가 함께 공유하고 있는 사
유의 세계를 보여주고 있다.

우선 교실 안은 "사막으로 채워 놓았던 하얀 새들이 하나
둘 자취를 감"추기 시작하고 이어 "허공에 균열이 이어지며"
모여들기 시작하는 "빛"으로 충만해 있다. 교실은 곧 봄날 오
후의 나른함에 대한 화자인 "나"의 환상적 몽유의 장이자 동
시에 "투명 인간의 몸을 기웃거리듯 교실 안의 유리창을 두드
리기 시작"하는 "그"인 나비를 관찰하는 장소이다.

나비의 존재는 "허공에 균열을" 만들었다가 교실 밖으로
나가지 못하고 마침내 지쳐 "자신이 만들어 온 균열을" 지우
는, 다시 말해 파닥이다 지친 상태로서의 화자인 "나"의 존재
와 같은 이미지로 가라앉는다. "푸른 명상에 몸을 적시기 위
해 자신을 비우고 있는", 그리고 "교실 안에서 움직이는 것을

찾아 밤을 하얗게 연출하고 있는" 나비는 곧 "나"에 다름 아니다. '나비'와 '나'의 동일성. 그것은 곧 "내가 입고 있는 옷이, 내가 신고 있는 신이, 그리고 내가 항상 쓰고 있는 모자가 노란빛이라고" 고백하고 있음에서 찾아진다.

그러기에 "나른함이 빵처럼 부풀어오른/ 유리관 속의 평화를 깨고/ 탈출을 꿈꾼 자/ 아, 그는" 결국 '나비'이면서 동시에 '나'일 수밖에 없고, 영혼의 가벼움과 빛의 세계에 대한 매혹을 상징하는 '나비'를 통해 시인 자신의 현실로부터의 탈출을 꿈꾸는 몽상이 바로 이 시의 핵심이 되고 있음을 우리는 알 수 있다.

    1) 봄비가 느릿느릿 걸어와
      내 가슴을 두드린다
      오랫동안 갇혀 있던
      발자국들이
      하나 둘 일어나 움직이기 시작한다
      누군가에게 쓰다만 편지며
      밤을 새워 담아놓은 일기가
      정원에 피기 시작한 철쭉꽃처럼
      비에 흠뻑 젖는다
      어디서 날아온 나비인지
      작은 날개를 나풀거리며
      옛 친구의 음성으로 다가오는 아침
      춘곤증에 깊게 빠진 책장을 넘기며

닫힌 문을 활짝 연다

— 〈봄비 내리는 아침〉 전문

2) 화엄사를 돌아 나온 물이 울타리를 친다

　누군가의 가슴을 슬그머니 빠져나와
나의 눈을 노랗게 물들이며
길을 가로막는 꽃

소리 없이 주절거린 말이
종종거리는 병아리 떼처럼
환하게 등을 거는가

언제 내 가슴속에서 걸어나온 별인지

봄볕이 포동포동 살진 계곡 속으로
하얀 나비 한 마리 살그머니 불러들인다

— 〈노란 울타리〉 전문

　위 두 편의 시는 "일요일에 쓴 편지" 연작시로서 두 편 모두 '나비'를 통한 정신세계를 보여주고 있는 게 특징이다. 먼저 시 1)은 봄날 비 내리는 아침, 비로 인하여 그동안 망각되었거나 잊혀졌던 사유가 다시 깨어나는 데서부터 이미지 전개가 이루어지고 있다. "오랫동안 갇혀 있던/ 발자국들이/ 하나 둘 일어나 움직이기 시작"하고 "누군가에게 쓰다만 편지며/ 밤을 새워 담아놓은 일기가/ 정원에 피기 시작한 철쭉꽃처럼/ 비에 흠뻑 젖"기까지는 "봄비가 느릿느릿 걸어와/ 내 가슴을 두드리"기 전 일이다. 이처럼 봄비가 잊혀지거나 망각의 상태를 새로이 일깨운 역할을 했다면 짐짓 빛을 갈망하는 영혼을 불러 깨우는 역할은 다음의 "나비"에서이다. "어디서 날아온" 지는 그리 중요하지 않다. 다만, "작은 날개를 나풀거리며/ 옛 친구의 음성으로 다가오는" 나비의 힘! 그 힘이 "춘곤증에 깊게 빠진", 그리하여 "닫힌 문을 활짝 열게"하는 데 우리의 의식이 집중된다. 봄을 상징하는 나비가 '탈출을 꿈꾸는'(《나비가 깨뜨린 평화》에서 이미 밝혀진 대로) 시인의 자의식과 함께 더 넓은 세계로의 지향이라는 순수정신이 이 시속에 담겨 있음을 우리는 본다.

　시 2)는 평소 지리산을 좋아하는 시인의 산행 장면을 사실적으로 보여주는 데서부터 시작된다. 특히 첫 행 "화엄사를 돌아 나온 물이 울타리를 친다"는 계곡 물의 흐름과 시인의 산행 장면을 일치시켜주는 빼어난 표현이 아닐 수 없다. 아무튼 봄날 산행에서 빠질 수 없는 눈 맛이 곧 꽃을 보는 맛이라고 할 때 시인의 앞을 가로막는 꽃은 "나의 눈을 노랗게 물들"일 만큼 매혹적이고 마침내는 "소리 없이 주절거린 말"과 함께 "종종거리는 병아리 떼처럼/ 환하게 등을" 건다. 평소 산이 좋아 산을 즐기는 시인에게 있어서 이만한 환상적 낭만은 이 시를 이끌어 가는 배경으로 안성맞춤이 아닐 수 없다. 그러나 정작 시인이 하고자 하는 속내는 그 다음이다.

언제 내 가슴속에서 걸어나온 별인지

봄볕이 포동포동 살진 계곡 속으로
하얀 나비 한 마리 살그머니 불러들인다

이 대목에 오면 "별"은 "봄볕"이기도 하고 또한 "나비"일
수도 있다. 겨울을 넘긴 계곡에 다사로운 봄볕이 꽉 차 있음
으로 포동포동하게 살이 쪄있는 속으로 살그머니 빨려 들어
가는 "나비" 한 마리의 모습은 곧 시인이 천상의 빛을 갈망하
는 영혼을 보는 듯하여 신비롭기까지 하다. 빛의 세계에 대한
매혹이 '나비'의 상징임을 이 시는 우리에게 그대로 보여줌
으로써 순수세계를 지향하고자 하는 시인의 정신세계를 고스
란히 드러내고 있지 않는가.

3.
김영박 시인의 이번 시집에서 또 하나의 특성은 '몸'에 관
한 성찰이다.
1980년대 이후 몸의 중요성은 사회학자들에 의해 강조되
었다. 그 이유는 몸과 체현에 초점을 맞춤으로써 구조/행위,
미시/거시의 구분과 같은 많은 문제들에 새롭게 접근할 수 있
다는 점과 몸은 자연/문화, 생물/사회의 분기점에 위치하기
때문에 사회학의 영역을 환경과 같은 분야로까지 확장하는데
기여할 수 있다는 이점 때문으로 보고 있다.
철학과 사회학이 모두 '몸은 생명 유기체'라는 점을 당연

시하고 있음에 비추어 볼 때 문학, 특히 시는 더 말할 나위가
없다. 브라이언 터너가 그의 저서『몸과 사회』제 2판 서문을
「생생한 메타포로서의 몸 표현하기」라는 제목으로 뽑아 우리
에게 정치, 사회적 관계의 강력한 메타포로 지속적으로 작용
해 온 몸에 대한 새로운 관심을 불러일으키게 한 것도 기실은
몸의 중요성을 일깨우는 것에 다름 아니듯, 우리 시에서도 이
미 정진규(《몸시》), 감태준(《몸 바뀐 사람들》) 등이 몸에 관
한 시적 성찰을 시도한 바 있음을 우리는 잘 알고 있다.

　그러면 이제 김영박 시인에게 있어서 몸의 실체는 무엇일
까. 먼저 다음의 시를 살펴보자.

내 몸 속엔 알이 숨쉬고 있다
셀 수도 없는 많은 알들이
이리저리 굴러다니며
깨어날 날만을 기다린다
어떤 것은
타조 알보다도 크고
어떤 것은
참새 알보다도 작은 알들이
붉은 색으로 숨을 몰아 쉬기도 하고
푸른 색으로 숨을 내뿜기도 하며
내 몸 속을 빠져 나오기 위해
서로 껍질을 부딪친다
대낮에 몸과 하나가 되어 있던

크고 작은 악몽들이
밤만 되면
잠 속 깊은 호수에
그믐달이 되어 얼굴을 내민다
아내도, 아들도
코를 골고 있는 시간에
벌떼처럼 날아와
심장 가까이서
구멍을 찾고 있는 삶의 술밥들이
시계 소리를 살금살금 끌고 간다

— 〈몸 속의 알〉 전문

　가스통 바슐라르는 『불의 정신분석』에서 "인간은 욕구의 창조물이 아니라 욕망의 창조물"이라고 말했다. 이 말에 대해 터너는 "욕구란 그 욕구를 만족시킬 대상을 암시하며, 따라서 그 대상은 외재하는 반면 욕망이란 그 자체가 대상이기 때문에 결코 충족될 수 없다"고 설명했다. 우리가 몸을 말할 때 이 '욕망'을 결코 배제할 수 없다.

　김영박 시인의 시를 이해할 때에도 이 점은 분명하게 드러난다. "내 몸 속엔 알이 숨쉬고 있다"고 고백하는 시인의 심정은 어떠할까. 왜 하필이면 "알이 숨쉬고 있다"고 했을까. 신화적 측면에서 우리네 조상 중에 '알'에서 태어난 조상도 있지만, 시인은 그 '알'이 한 개도 아니고 "셀 수도 없는 많은 알들이/ 이리저리 굴러다니며/ 깨어날 날만을 기다린다"고

했다.

여기에서 우리가 생각해 볼 수 있는 것은 인간이 갖고 있는 '욕망'이라는 점이다. 특히 이 욕망과 사회질서 사이의 관계에 대해서 생각해 보아야 할 것 같다. 적어도 내가 아는 김영박 시인은 다분히 사회적이지 못하다. 남들처럼 쾌활하게 사교적이거나 자기를 드러내놓는 성격이 아니다. 본인은 기분 나쁠지 몰라도 문자 그대로 백면서생인데다 어쩔 수 없는 순수 시인이다. 따라서 우리는 한사코 인간의 욕망과 사회질서간의 관계에 대한 프로이트의 메타정신분석학을 도입하지 않더라도 이 시에서의 '알'의 의미는 삶의 본능 또는 내면적 욕망으로서의 그 무엇일 가능성이 크다. "타조 알보다도 크"기도 하고, "참새 알보다도 작은" 이 욕망의 알들은 붉으락 푸르락 색채마저 띠면서 "내 몸 속을 빠져" 나가고자 하나 밤만 되면 이 '알'은 곧 "악몽"으로 변하고 만다는 점이 그것을 증명하고 있다. 결국 몸으로서의 욕망과 사회통제 사이에 모순이 있음을 우리에게 보여준 셈이다.

이 모순은 시인으로서의 삶과 사회조직 사이에 긴장으로도 나타나는데 다음과 같은 시가 대표적이다.

   1) 언제나 나의 몸은

      벼랑 끝에

      있다

      허공의 속살에 한 발을 집어넣고

      시멘트가 점령한 사막을

조심조심
걷는다

─〈외발〉일부

2) 푸른 창을 활짝 열고
유리처럼 투명한 세계 속으로
발을 깊게 집어넣기 위해
머리를 높이 들어 올렸다가
다시 곤두박질치기를
수십 번
연은 보이지 않는 실에
몸이 사로잡혀 있다는 것도 모른 채
죽음보다 더 높은 벽을
거세게 두드린다

─〈연〉일부

3) 지리산 절벽으로 오르는 길에

이름 없는 꽃 한 송이 피어있다

바위틈에 뿌리를 내리고

그늘 속에 웅크리고 있다

뿌리 근처에 벌레집을 지어놓고

약한 바람에도 온 몸이 흔들리고 있다

푸른 하늘을 향해 손짓을 하며

소리 없이 흐느끼고 있다

— 〈해를 등지고〉 일부

위의 예시들은 한결같이 시인의 욕망과 사회통제 사이의 모순을 드러내고 있다. 시 1)의 경우, 세상을 두 발로 든든히 걸어도 힘든 현실 속에서 한 발은 "허공의 속살"에 집어넣고 단지 한 발로 "시멘트가 점령한 사막을/ 조심조심" 걷고 있는 삶을 적나라하게 보여주고 있다. 그러니 언제나 "몸"은 "벼랑 끝에" 있다는 현실 인식이 시인을 지배할 수밖에 없다. 사회는 곧 "시멘트가 점령한 사막"에 다름 아닌데 시인은 한사코 "허공의 속살" 또는 "하늘 속으로"(2연) 한 발을 집어넣거나 "황톳길만"(3연) 찾고 있으니 왜 그렇지 않겠는가.

시 2)에서는 "연"이 곧 시인의 몸이다. 이 시에서도 시 1) 처럼 "푸른 창을 활짝 열고/ 유리처럼 투명한 세계 속으로/ 발을 깊게 집어넣기 위해" 안간힘을 써보지만 허사임을 연을 통해 보여주고 있다. "보이지 않는 실에 몸이 사로잡혀 있다 는 것도" 모르는 연은 곧 그 자신의 사회인식을 대변한 셈이 된다. 시 1)이 외발로서의 삶이라면 시 2)는 그 외발마저도 위태로운 현실 감각을 드러내고 있다. 그 점은 시 3)도 예외 는 아니다. "약한 바람에도 온 몸이 흔들리고 있"는 "이름 없는 꽃 한 송이"와 시인의 관계는 그만큼 시인으로서의 삶이 어떠한가를 다시금 생각하게 하는 대목이 아닐 수 없다.

그러나 김영박 시인의 '몸' 이미지는 한사코 사회에 대한 등 돌림이라거나 사회 부적응을 말 하고자 함이 아님을 우리는 잘 안다. 역사적으로 세속적 세계의 가장 유력한 상징은 인간의 몸이었다는 터너의 말을 상기해본다면 결국 김영박 시인은 시인으로서의 순수를 가장 잘 간직하고 있음을 역설적으로 보여주고 있기 때문이다. 다시 말해 시인으로서, 신성함과 범속함 사이에서 갈등하는 몸과 정신을 통해 순수세계를 지향하고자 하는 시정신이 오히려 우리를 더욱 절실하게 만드는 힘을 김영박 시인에게서 배울 수밖에 없는 셈이 된다. 그런 측면에서 나는 김영박 시인의 다음과 같은 시 〈몸 속으로 난 길〉을 사랑하면서 앞으로도 좋은 시로 우리를 즐겁게 해주길 바라마지 않는다.

> 어머니의 몸 속으로 난 혐로를 따라
> 풀뿌리들이 길게 발을 뻗는다
> 머지않아 찾아 올 새봄에
> 새싹으로 돋기 위한 밀알들이
> 빠른 걸음으로 움직인다
> 더 푸른 생명을 잉태하기 위해
> 몸 중심으로부터 밀고 나온 통증이
> 어머니의 온 몸에 독주로 퍼지는가

아, 내 몸이
가을 산의 빛깔처럼
활활 타오르고 있다